किसकी जीत
किसकी हार?

लेखक

हिमांशु शर्मा

डायमंड बुक्स

www.diamondbook.in

प्रकाशक : डायमंड पॉकेट बुक्स (प्रा.) लि.
X-30 ओखला इंडस्ट्रियल एरिया, फेज-II
नई दिल्ली - 110 020
फोन : 011- 40712200
ई-मेल : sales@dpb.in
वेबसाइट : www.diamondbook.in

Kiski Jit, Kiski Har?
by : *Himanshu Sharma*

प्रस्तावना

भारत एक धर्मनिरपेक्ष राष्ट्र है यहां पूरे विश्व के लगभग सभी धर्म के लोग रहते हैं। इसके अलावा भारत में अनेकों जातियां, प्रथाएं, संस्कृति एवं भाषाएं बोली जाती हैं लेकिन उसके बाद भी यह देश पूरे विश्व में अपनी अहिंसा, शांति एवं सौहार्द के मार्ग पर चलने के लिए जाना जाता है और इसीलिए भारत को विविधताओं में एकता वाला देश कहा जाता है।

लेकिन इतना सब कुछ होने के बाद भी कभी ना कभी ऐसी घटनाएं ऐसी हो जाती हैं जिनसे कुछ ना कुछ विवाद जन्म ले लेते हैं। और ऐसी ही एक घटना से जन्मा विवाद कई सौ वर्षों से भारत में सामाजिक एवं धार्मिक शांति पर प्रश्नचिन्ह लगाता है और यह है अयोध्या विवाद।

अयोध्या विवाद एक राजनीतिक, ऐतिहासिक और सामाजिक-धार्मिक विवाद है जो नब्बे के दशक में सबसे ज्यादा उभार पर था। इस विवाद का मूल मुद्दा राम मंदिर और बाबरी मस्जिद की स्थिति को लेकर है। विवाद इस बात को लेकर था कि क्या हिंदू मंदिर को ध्वस्त कर वहां मस्जिद बनाया गया था या वहां मंदिर था ही नहीं बल्कि मस्जिद को किसी खाली स्थान पर बनाया गया।

अयोध्या विवाद भारत के हिंदू और मुस्लिम समुदाय के बीच हमेशा से ही तनाव का एक प्रमुख मुद्दा रहा है और देश की राजनीति को एक लंबे अरसे से प्रभावित करता रहा है। भारतीय जनता पार्टी और विश्वहिंदू परिषद् सहित कई हिंदू संगठनों ने दावा किया है कि हिंदुओं के आराध्यदेव भगवान श्री राम का जन्म ठीक वहीं हुआ है जहाँ बाबरी मस्जिद थी और इसी राम मंदिर आंदोलन ने अयोध्या को विश्व के पटल पर ला दिया था।

इस पूरे विवाद की घटनाएं एवं हाल ही में सर्वोच्च न्यायालय द्वारा लिए गए निर्णय को हम इस कहानी के माध्यम से समझेंगे।

विषयसूची

विवाद की शुरुआत

भारत की आजादी को 2 साल से ज्यादा हो चुके हैं। आज 23 दिसंबर, 1949 की सुबह फैजाबाद में बाबरी मस्जिद पर भीड़ लगी हुई है और कुछ लोग हल्ला मचा रहे हैं। दरअसल यह हल्ला इसलिए है क्योंकि आज सवेरे बाबरी मस्जिद के द्वार खोलने पर अंदर रामलला की बाल मूर्ति रखी हुई मिली थी। यह सूचना मिलते ही कुछ हिंदू कट्टरपंथी यहां उपस्थित हो गए और इन्ही में से एक 25-30 वर्ष का युवा नौजवान लड़का जिसका नाम राम कुमार है सभी को कुछ बता रहा है।

देखिए! यह हमारी राम जन्मभूमि है और यहां हमारे आराध्य श्री राम के बाल रूप की मूर्ति रखी है। इससे पहले कभी ऐसा नहीं हुआ क्योंकि आज इस मंदिर में रामलला प्रकट हुए हैं। इससे यह साबित होता है कि यह राम जन्मभूमि है और हम इस जगह को इस तरह मस्जिद के रूप में स्वीकार नहीं कर सकते। यह हमारी आस्था और श्रद्धा का प्रश्न है और हमें यह जमीन मंदिर के लिए चाहिए।

देखते-ही-देखते इस युवा नौजवान की बातें सुनकर वहां भीड़ इकट्ठी हो गई जिससे ऐसा लग रहा था मानो यहां सांप्रदायिक तनाव पैदा हो सकता है। जिस तरह यहां हिंदू इकट्ठे हुए उसी प्रकार मुस्लिम संगठन भी यहां आ पहुंचे। स्थिति तनाव भरी हो रही थी। जैसे-तैसे उस समय तो पुलिस ने स्थिति को अपने नियंत्रण में लिया। लेकिन जल्दी ही इस पर कुछ फैसला लेना आवश्यक था। ऐसे में 5 जनवरी 1950 को जिलाधिकारी ने सांप्रदायिक तनाव की आशंका के चलते बाबरी मस्जिद को विवादित

इमारत घोषित कर दिया और उस पर ताला लगाकर इसे सरकारी कब्जे में ले लिया।

16 जनवरी, 1950 को गोपाल सिंह विशारद नामक व्यक्ति ने फैजाबाद की जिला अदालत में एक अर्जी दी कि हिंदुओं को उनके भगवान के दर्शन और पूजा का अधिकार दिया जाए। 19 जनवरी, 1950 को फैजाबाद के सिविल जज ने इस अर्जी पर सुनवाई की और मूर्तियां हटाने की कोशिशों पर रोक लगाने के साथ-साथ इन मूर्तियों के रखरखाव और हिंदुओं को बंद दरवाजे के बाहर से ही श्रीराम की मूर्तियों के दर्शन करने की इजाजत दे दी।

लेकिन मुसलमानों का आरोप था कि रात में जब मस्जिद में कोई नहीं था तब कुछ हिंदुओं ने बाबरी मस्जिद में घुसकर वहाँ मूर्ति रख दी। मुसलमानों का कहना है कि ऐसे कोई सबूत नहीं हैं कि वहाँ कभी मंदिर था भी।

उस वक्त भारत सरकार ने मुसलमानों को विवादित स्थल से दूर रहने का आदेश दिया और मस्जिद के मुख्य द्वार को बंद कर दिया गया। जबकि हिंदू श्रद्धालुओं को एक अलग जगह से प्रवेश दिया जाता रहा।

वैसे तो बाबरी मस्जिद पर मालिकाना हक का मामला सौ बरस से भी अधिक पुराना था लेकिन यह अदालत में 1949 में पहुँचा।

जन्मभूमि

धीरे-धीरे राम कुमार राममंदिर स्थापना अभियान का प्रमुख सदस्य बन चुका था और आजकल वह लोगों को राम जन्भूमि के इतिहास के बारे में बताता था। आज उनके गांव के पास एक सभा का आयोजन किया गया है और राम कुमार आसपास के गांवों से आए हुए लोगों को जन्मभूमि का इतिहास बता रहा था। राम कुमार बोलता है:-

"क्या आपको पता है कि इस मस्जिद से पहले इस स्थान पर हमारे भगवान श्रीराम का भव्य मंदिर था। लेकिन यह बात सन् 1526 ई. की है जब मुगल शासक बाबर में भारत आया। 1528 तक वह फैजाबाद यानी हमारे अयोध्या तक पहुँच गया। तब बाबर ने फतेहपुर सीकरी के राजा राणा संग्राम सिंह को युद्ध में हराने के बाद हमारे राम मंदिर के स्थान पर बाबरी मस्जिद का निर्माण किया था। बाबर ने अपने जनरल मीर बांकी को क्षेत्र का वायसराय नियुक्त किया और मीर बांकी ने अयोध्या में सन् 1528 ई. में बाबरी मस्जिद का निर्माण कराया।

लेकिन आज इस देश का हिन्दू जाग गया है और अब वह चाहता है कि इस स्थान पर दोबारा भव्य राम मंदिर बने वो भी शांति से और कानून को अपने हाथ में लिए बगैर। बस यही हमारी इच्छा है। बोलो जय श्री राम।"

सभी लोग एक साथ जोर से बोलते हैं, "जय श्री राम।"

राम कुमार राम मंदिर स्थापित करने के अपने सपने को पूरा करने के लिए प्रयासरत है लेकिन ऐसे मामले के हल निकलने में बड़ा वक्त लगता है।

वैसे अयोध्या का इतिहास है बड़ा रोचक। महाकाव्य रामायण के अनुसार राम का जन्म अयोध्या नगरी में हुआ था और इस नगर की स्थापना प्राचीन

भारतीय ग्रंथों के अनुसार ई.पू. 2200 के आसपास मानी जाती है। इस वंश में भगवान रामचंद्रजी के पिता दशरथ जी शासक थे। अयोध्या का महत्त्व इस बात में भी निहित है कि जब भी प्राचीन भारत के तीर्थ स्थलों का उल्लेख होता है तब उसमें सर्वप्रथम अयोध्या का ही नाम आता है।

लेकिन मुगल काल में अयोध्या 'फैजाबाद' बन गया। फैजाबाद शहर की नींव नवाबों के शासन के समय रखी गई थी। नवाब सफदरजंग ने इस शहर को अपना सैन्य मुख्यालय बनाया। इसके बाद नवाब शुजाउद्दौला ने फैजाबाद में किले का निर्माण कराया। इसी दौरान फैजाबाद ने बहुत समृद्धि हासिल की और उस दौर में यहां कई इमारतों का निर्माण हुआ जिनकी निशानियां वर्तमान में भी मौजूद हैं। शुजाउद्दौला ने फैजाबाद को अवध की राजधानी बनाया। शुजाउद्दौला की पत्नी बहू बेगम मोती महल में रहती थीं जहां से पूरे शहर का नजारा दिखाई देता था। यह वह दौर था जब यह शहर अपनी बुलंदियों पर था। नवाब शुजाउद्दौला का समय एक तरह से फैजाबाद के लिए स्वर्णकाल कहा जा सकता है।

अभियान

यह वर्ष 1984 है, कई दशक गुजर गए पर राम मंदिर स्थापना का वह मामला अब तक थोड़ा ठंडा ही पड़ चुका था। आज अयोध्या के इस छोटे-से गांव श्रीरामपुर की धरती गर्मी के कारण आग उगल रही है। गांव को अभी तक बिजली से नहीं जोड़ा गया है। ऐसी तपतपाती गर्मी में राम कुमार के शरीर से पसीना टप-टप बह रहा है। अपनी कच्ची झोंपड़ी से बाहर आकर अपने बगल में रेडियो दबाए राम कुमार अपने घर के बाहर लगे एक नीम के पेड़ के नीचे बैठकर छाया और हवा का आनंद ले रहा है। बड़े सुकून के साथ अपने साथ लाए रेडियो को राम कुमार चलाता हैं। चलाते ही रेडियो पर एक समाचार आ रहा है, समाचार में बताया गया है कि विश्व हिंदू परिषद् ने हिंदुओं का एक अभियान शुरू किया है कि अयोध्या में विवादित बाबरी मस्जिद जिसे भारत के हिंदू राम की जन्मभूमि मानते हैं, पर दोबारा मंदिर बनाने के लिए एक अभियान शुरू किया जा रहा है और सभी हिंदू एकजुट होकर इस अभियान में साथ दें और कल राममंदिर पहुंचें। इतना सा समाचार सुनाने के बाद रेडियो के सेल खत्म हो गए और वह बंद हो गया।

राम कुमार की उम्र आज लगभग 60 वर्ष हो चुकी है लेकिन एक राम भक्त के लिए इससे बड़ी खुशखबरी और क्या होगी कि अपने परम पूज्य भगवान की जन्मभूमि पर मंदिर बनाने का अभियान छेड़ा जा रहा है, जो इतने वर्षों से सूना सा पड़ा था। राम कुमार की आंखें एक उम्मीद एवं चमक से खिल उठती हैं और वह अपने साथ एक थैले में कुछ सामान रखकर चल देता है। तभी पीछे से उनकी पत्नी आवाज लगाती है।

‘अरे इतनी गर्मी में कहां जा रहे हो।’

राम कुमार कहता है, 'प्रभु श्रीराम के द्वार 'अयोध्या' शहर।'

पत्नी कहती है, 'लेकिन अचानक।'

राम कुमार कहते हैं, 'अचानक नहीं! कई वर्षों से जाने की सोच रहा था। लेकिन आज दोबारा एक मकसद मिला है। प्रभु श्री राम का मंदिर वहां बनाने का अब वक्त आया गया है और अब नहीं गया तो श्रीराम बुरा मान जाएंगे।'

ऐसा कहकर राम कुमार अपने थैले के साथ पैदल-पैदल शहर की ओर निकल जाता हैं। इतनी कड़क धूप में भी राम कुमार को जाने में तनिक भी परेशानी नहीं हुई और अयोध्या की ओर निकलते हुए उन्होने अनेकों गांवों को पीछे छोड़ दिया। लेकिन राम कुमार की एक खास बात है कि वह बतियाते बड़ा अच्छा हैं। और यह खबर उन्होंने रास्ते में पड़ने वाले सभी गांवों में फैला दी और आसपास के गांव के कई लोगों को अपने साथ इकट्ठा कर लिया। रास्ते में चलते-चलते और अयोध्या के नजदीक आते-आते उनके साथ सैकड़ों लोग जमा हो गए।

आखिर वह सूचना जो विश्व हिंदू परिषद् द्वारा दी गई उस सूचना का लाभ होता हुआ दिखाई दे रहा है। अयोध्या के पास मंदिर पर पहुंचने के बाद वहां हजारों की भीड़ में लोग जमा है और वहां उन्हें यही बताया जा रहा है कि हम यहां मंदिर बनाएंगे। मंदिर अभियान शुरू तो हो गया लेकिन सिर्फ अभियान शुरू हुआ है, राम मंदिर बनने का काम नहीं, क्योंकि बिना प्रशासन एवं न्यायालय की इजाजत के यहां एक ईट भी नहीं रखी जा सकती।

राम कुमार राम मंदिर के इस अभियान से दोबारा ऐसे जुड़े कि अब उन्हे इस अभियान का प्रमुख सदस्य बना दिया गया। उनकी जिंदगी का मकसद अब राम मंदिर निर्माण हो गया था। अभी इसी तरह चलते चलते वर्ष 1986 आ गया तो इस अभियान का मकसद सबसे पहले प्रशासन को इस बात के लिए राजी करना था कि इनके पास यहां मंदिर बनाने की अनुमति है। इसके लिए विश्व हिंदू परिषद एवं अन्य संगठनों ने कोर्ट में भी अपील दायर की।

उस समय उमेश चंद्र पांडे नामक एक व्यक्ति की एक याचिका पर फैजाबाद के जिला जज के. एम. पांडे ने एक फरवरी, 1986 को विवादित मस्जिद के ताले खोलने का आदेश दे दिया और हिंदुओं को उसके भीतर

जाकर पूजा करने की इजाजत दे दी। इस अनुमति का ही तो राम कुमार और विश्व हिंदू परिषद को इंतजार था और 11 नवंबर, 1986 को विश्व हिंदू परिषद ने विवादित मस्जिद के पास की जमीन पर गड्ढे खोदकर शिला पूजन किया।

1987 में उत्तर प्रदेश सरकार ने इलाहाबाद उच्च न्यायालय में एक याचिका दायर की कि विवादित मस्जिद के मालिकाना हक् के लिए जिला अदालत में चल रहे चार अलग-अलग मुक्दमों को एक साथ जोड़कर उच्च न्यायालय में उनकी एक साथ सुनवाई की जाए। इस अर्जी पर विचार चल ही रहा था कि 1989 में अयोध्या की जिला अदालत में एक याचिका दायर कर मांग की गई कि विवादित मस्जिद को मंदिर घोषित कर दिया जाए। उच्च न्यायालय ने पाँचों मुक्दमों को एक साथ जोड़कर तीन जजों की एक बेंच को सौंप दिया।

और आखिरकार एक न्यायधीश का मत आया कि इस विवादित स्थल के मुख्य द्वारों को खोल देना चाहिए और इस जगह को हमेशा के लिए हिंदुओं को दे देना चाहिए। यह एक मत था परंतु इस मत को विश्व हिंदू परिषद् ने गंभीरता से लेते हुए विवादित स्थल के नजदीक राम मंदिर की नींव रखी। इसके बाद 10 नवंबर, 1989 को अयोध्या में मंदिर का शिलान्यास हुआ लेकिन अगले ही दिन फैजाबाद के जिलाधीश ने साम्प्रदायिक दंगे की आशंका के चलते इसके आगे निर्माण पर रोक लगा दी।

ढांचा

1984 से दोबारा राम मंदिर स्थापना के इस अभियान में शामिल होकर पिछले चार-पांच वर्षों में राम कुमार ने अपने गांव एवं आसपास के इलाके में अपनी अच्छी खासी पैठ बना ली थी। क्योंकि राम कुमार काफी अच्छा वक्ता था इसलिए आजकल वे जगह-जगह पर लोगों को अयोध्या एवं राम इतिहास एवं मंदिर के बारे में बताना और मंदिर स्थापना के लिए इस अभियान में जोड़ने का काम कर रहा था।

एक दिन उनकी पत्नी ने चिंता के साथ राम कुमार से पूछा:-

'क्या आपको जरा भी डर नहीं लगता कि आप जिस तरह इस अभियान में लोगों को जोड़ रहे हैं कहीं किसी विरोधी ने आपके साथ कुछ गलत कर दिया तो हमारा क्या होगा।'

इस पर राम कुमार हंसा और कहा, 'तुम बड़ी चिंता करती हो, खैर सभी की पत्नियां अपने पति की चिंता करती हैं लेकिन तुम ऐसा मत सोचो क्योंकि मैं किसी को भड़का नहीं रहा हूं बल्कि मैं तो हमारे इतिहास की सच्चाई बता रहा हूं और हम जिस तरह राम मंदिर के लिए लड़ रहे हैं वह शांति एवं कानून के दायरे में रहकर है। हम किसी को क्षति पहुंचा कर या किसी का खून बहा कर राम मंदिर की स्थापना नहीं करना चाहते। यह हमारा हक है और हम उसे कानूनी तरीके से लेना चाहते हैं। हम मुसलमानों के खिलाफ नहीं हैं बल्कि हमारे बीच तो काफी प्रेम भावना है लेकिन बस हम हमारे भगवान के जन्म स्थान पर मंदिर बनाना चाहते हैं तो इसके लिए हम शांति से समझौता करना चाहते हैं ना कि किसी को नुकसान पहुंचा कर। इसलिए तुम मेरी चिंता बिल्कुल भी मत करो।'

इस तरह राम कुमार अपनी पत्नी को समझाता है लेकिन न्यायालय तो पूरे सबूतों और तथ्यों के आधार पर ही निर्णय देता है। लेकिन यह अभी भी रहस्य था कि क्या मंदिर को तोड़कर मस्जिद बनवाई गई या नहीं। क्योंकि अयोध्या विवाद को दशकों बीत चुके थे। कई हिन्दू संगठन अपना पक्ष लेकर न्यायालयों और सरकारों के आगे-पीछे चक्कर लगा रहे थे लेकिल मसला आज भी जस-का-तस था।

आखिरकार 6 दिसंबर, 1992 को हिन्दू संगठनों ने रामजन्म भूमि पर कार सेवा का ऐलान किया। हालांकि सुप्रीम कोर्ट ने इस विवादित राम जन्मभूमि स्थान पर किसी भी तरह के निर्माण कार्य पर पाबंदी लगा रखी थी। तत्कालीन मुख्यमंत्री कल्याण सिंह ने भी सुप्रीम कोर्ट को आश्वासन दिया था कि उसके आदेशों का उल्लंघन नहीं होगा।

कारसेवकों का जत्था धीरे-धीरे पहुंचने लगा था और उनकी संख्या बढ़ने लगी थी। साथ ही उनके तेवर भी कड़े होते हुए दिखाई दे रहे थे और इसका पता और उनके नेताओं के भाषण और उनके नारों में देखने को मिल रहा था। हालांकि हिन्दू संगठनों की घोषणा तो ये थी कि 6 दिसंबर को 2 लाख कारसेवक सरयू नदी से एक-एक मुट्ठी बालू मिट्टी लाकर विवादित 2.77 एकड़ जमीन पर बने गड्ढे को भरेंगे लेकिन कारसेवकों के इरादे कुछ और ही थे।

6 दिसंबर, 1992 की सुबह 11 बजे तक सब कुछ सामान्य था। विवादित जमीन पुलिस और आरएसएस के स्वयंसेवकों के सुरक्षा घेरे में थी और सिर्फ संतों और पत्रकारों को ही अंदर जाने की अनुमति दी गई थी। लेकिन करीब 11 बजे पहली बार कारसेवकों ने उत्तेजित होकर इस घेरे को तोड़कर अंदर आने की कोशिश की लेकिन उन्हें रोक दिया गया।

कुछ समय बाद वहां जमा कारसेवकों ने एक बार फिर घेरा तोड़कर अंदर घुसने की कोशिश की लेकिन वहां तैनात स्वयंसेवकों ने इस बार भी उनकी कोशिश नाकाम कर दी। इस बीच इस जगह से थोड़ी दूर सीता रसोई की छत पर राज्य सरकार के वरिष्ठ अधिकारी पहुंचे। थोड़ी देर बाद

कारसेवकों का एक भारी रेला फिर आगे आया। तभी वहां एक स्वयंसेवकों का जत्था पहुंचा और कारसेवकों को अंदर आने से रोकने लगा।

ये सब कुछ चल ही रहा था कि अचानक बाबरी मस्जिद के अंदर से पुलिस की टुकड़ी बाहर आने लगी और तभी विवादित परिसर के सुरक्षा घेरे पर जोर-जोर से पत्थरबाजी शुरू हो गई। कारसेवक बेकाबू हो गए और इस स्थान के बाड़े को तोड़ने की जोरआजमाइश करने लगे। बाड़े में इस्तेमाल छड़ों और पाइपों को कारसेवकों ने अपना हथियार बना लिया। अब तो बचे-कुचे पुलिस वाले भी वहां से भाग खड़े हुए।

तभी बेकाबू कारसेवकों ने लोहे के पाइप और छड़ें लेकर मस्जिद पर हमला बोल दिया और शंखनाद की आवाज सुनाई दी। बाबरी मस्जिद के गुंबद पर कारसेवकों का एक जत्था चढ़ गया और कुदाल, फावड़े और लोहे की छड़ों से मस्जिद के ढाँचे ढांचे पर जोर-जोर से वार करने लगा। अगले आधे घंटे में बाद बाबरी मस्जिद के तीनों गुंबद एक-एक करके गिरते चले गए और करीब चार बजे तक बाबरी मस्जिद का नामो निशान मिट गया।

प्रभाव

आज भारत सांप्रदायिक दंगों की आग में जल रहा था। वर्ष 1984 में शुरू हुए उस अभियान का आखिरकार यह परिणाम निकला। देश में सांप्रदायिकता की ज्वाला भड़क उठी और पूरे देश में अलग-अलग जगहों पर दंगे शुरू हो गए। मुसलमानों के विरोध ने सामुदायिक गुस्से का रूप लेना शुरु कर किया। मुंबई में हुए सीरीयल धमाकों का कारण यही माना जाता है। इसके अलावा गुजरात में एक हिंदू कारसेवकों की ट्रेन को आग लगा दिया गया जिसके बदले गोधरा कांड हुआ। इसके अलावा वर्ष 5 जुलाई, 2005 को 5 आतंकियों ने अयोध्या के रामलला मंदिर पर हमला किया। इस हमले का मौके पर मौजूद सीआरपीएफ जवानों ने वीरतापूर्वक जवाब दिया और पांचों आतंकियों को मार गिराया।

भारत में ही नहीं बल्कि भारत के बाहर भी इसका परिणाम देखने को मिला पाकिस्तान में लगभग 30 से ज्यादा मंदिर तोड़े गए और कई को मार दिया गया। वहीं बांग्लादेश में भी कई मंदिर टूटने की घटनाएं सामने आईं। कुल मिलाकर इन दंगों में 2000 से ऊपर लोग मारे गए।

आज राम कुमार जो अयोध्या में सिर्फ कारसेवक बनकर सिर्फ सेवा करने गया था उसे पता नहीं था कि भीड़ अचानक इस तरह का रूप ले लेगी। राम कुमार भी बाबरी मस्जिद को गिराने के बाद हुए दंगों का शिकार हुआ और उसे काफी चोटें आई। शरीर पर लगे इन घावों से ज्यादा दर्द उसे इस बात का था कि जिस सोच के साथ यह अभियान शुरू हुआ था जिसमें शांति एवं सद्भावना से मंदिर की स्थापना की जाएगी आज वह सोच सांप्रदायिक दंगों में बदल गई जिसका परिणाम पूरे देश को देखना पड़ा।

आखिरकार शारीरिक कमजोरी होने एवं देश में साम्प्रदायिक विवाद अधिक बढ़ने के कारण उसने इस अभियान से अपना नाता तोड़ लिया। लेकिन दिल में अभी भी उसके श्री राम और उनके मंदिर का सपना घर किए हुए था।

इंतजार और कार्यवाही

बाबरी विध्वंस के बाद देश को अच्छा खासा नकारात्मक परिणाम देखने को मिला। देश में सांप्रदायिक दंगे भड़के लेकिन जैसे-तैसे देश में थोड़ी शांति की शुरुआत हुई। राम कुमार अपने घर पर बैठे हुए यही सोच रहा था कि जिस काम को शांति एवं सद्भावना से और आपसी सहमत से करना चाहिए था उस अभियान का अंत गलत हुआ। जिसमें हिंदू और मुसलमान दोनों ही समुदाय के सैकड़ों लोग मारे गए। राम कुमार के दिल में तो प्रभु श्रीराम ही बसे थे लेकिन दिमाग से वह यही सोच रहा था कि जन्मभूमि स्थापित करने के अभियान का मकसद तो ठीक था लेकिन उसका क्रियान्वयन बहुत गलत हुआ।

बस बैठे-बैठे वह टीवी देखने लगा। उस वक्त टीवी पर खबर थी कि उत्तर प्रदेश की तत्कालीन सरकार ने विवादित स्थल के आसपास की 67 एकड़ जमीन को सरकारी कब्जे में लेकर उसे विश्व हिंदू परिषद् को सौंप दिया है। सरकार ने उस समय कहा था कि इस पूरी जमीन पर पर्यटन के लिए एक रामकथा उद्यान विकसित किया जाएगा और इसकी जिम्मेदारी विश्व हिंदू परिषद् को दी जाएगी।

यह समाचार सुन राम कुमार थोड़ा खुश हुआ क्योंकि दिल से तो वह यही चाहता था कि उस विवादित स्थल पर राम मंदिर बने लेकिन अभी भी उन भयावह हादसों के चित्र उसकी आंखों के सामने आ जाते थे जिसकी वजह से वह परेशान हो जाता था।

लेकिन 1994 में सर्वोच्च न्यायालय ने राज्य सरकार के इस फैसले को निरस्त कर दिया और आदेश दिया कि अयोध्या में विवादित ढांचे के आसपास की यह जमीन दोबारा अधिगृहीत की जाए और उस पर तब तक यथास्थिति बनाकर रखी जाए जब तक अदालत इस विवादित ढांचे की

जमीन के मालिकाना हक् का अंतिम फैसला नहीं कर दे। सर्वोच्च न्यायालय ने कहा कि इस जमीन के मालिकाना हक का फैसला होने से पहले तक इसके अविवादित हिस्सों को भी किसी एक समुदाय को सौंपना धर्मनिरपेक्षता की भावना के खिलाफ होगा।

मस्जिद विध्वंस के 10 दिन बाद ही मामले की जांच के लिए लिब्रहान आयोग का गठन किया गया। वर्ष 2003 में उच्च न्यायालय के आदेश पर भारतीय पुरातत्त्व विभाग ने इस विवादित स्थल पर खुदाई करना शुरू किया जिसमें एक प्राचीन मंदिर के प्रमाण भी मिले। इसके बाद वर्ष 2003 में ही इलाहाबाद उच्च न्यायालय की लखनऊ बेंच में एक 574 पेजों की नक्शों और समस्त साक्ष्यों सहित रिपोर्ट पेश की गयी। भारतीय पुरातत्त्व विभाग के अनुसार खुदाई में मिले अवशेषों के मुताबिक विवादित स्थल पर एक प्राचीन उत्तर भारतीय मंदिर होने के प्रचुर प्रमाण मिले हैं। इससे हिंदू संगठनों के पक्ष को मजबूती मिली।

24 सितंबर, 2010 को हिंदू और मुस्लिम पक्षों की बहस सुनने के बाद इलाहाबाद उच्च न्यायालय की लखनऊ बेंच ने फैसले की तारीख दी और फैसले के एक दिन पहले ही सुप्रीम कोर्ट ने इसे टालने के लिए की गई एक याचिका पर सुनवाई करते हुए इसे 28 सितंबर तक के लिए टाल दिया।

सर्वोच्च न्यायालय से पहले इस मामले पर इलाहाबाद उच्च न्यायालय 30 सितंबर, 2010 में अपना एक फैसला सुनाया था। जिसमें 2.77 एकड़ जमीन का बंटवारा कर दिया गया था। फैसले में यह जमीन सुन्नी वक्फ बोर्ड, निर्मोही अखाड़ा और रामलला विराजमान के बीच बराबर बांटने का आदेश दिया।

लेकिन इस फैसले पर रोक लगा दी गई। हिंदू संतों का तर्क था कि जहां राम का जन्म हुआ उस नगरी का नाम भी फैजाबाद से बदलकर अयोध्या किया जाना चाहिए।

इस प्रकार वक्त गुजरता गया लेकिन अयोध्या विवाद का कोई हल नहीं निकला। हिंदूओं के मंदिर बनने की इच्छा भले ही पूरी न हुई हो, लेकिन उनकी एक मांग तो 2018 में बी.जे.पी. सरकार ने पूरी कर दी और मुख्यमंत्री योगी आदित्यनाथ ने फैजाबाद जिले का नाम बदलकर अयोध्या कर दिया।

फैसला

यह 9 नवंबर, 2019 का दिन है और राम कुमार की उम्र आज तक लगभग 90 वर्ष से ज्यादा हो चुकी है। अपना पूरा जीवन प्रभु श्री राम के मंदिर की स्थापना में लगाने वाला राम कुमार पूरे हिंदूओं की आस्था एवं इच्छा को प्रस्तुत करने वाला एक शख्स था। यह उनकी उम्र का आखिरी पड़ाव है और शायद ना जाने कब उनके जीवन का अंत हो जाए। लेकिन आज की तारीख पर जो फैसला आने वाला था शायद यह तारीख उसके जीवन की सबसे यादगार होने वाली थी इसलिए उनकी निगाह आज टीवी पर लगी हुई थी। आंखों से दिखाई तो पूर्ण रूप से नहीं दे रहा और कानों से भी बहुत अच्छे से नहीं सुनता था। लेकिन टीवी के बिल्कुल नजदीक बैठकर कान गड़ाए हुए वह समाचार सुन रहे थे और सुबह 10:30 बजे सुनाने वाले निर्णय का इंतजार कर रहे हैं।

और तब समाचार चैनल पर 10:30 बजे के बाद फैसले के बारे में जानकारी आना शुरू हुआ और आखिरकार फैसला आया।

सर्वोच्च न्यायालय के चीफ जस्टिस रंजन गोगोई, जस्टिस शरद अरविंद बोबड़े, जस्टिस धनंजय यशवंत चंद्रचूड़, जस्टिस अशोक भूषण और जस्टिस अब्दुल नजीर ने लिफाफे में बंद फैसले की कॉपी पर दस्तखत किए और इसके बाद जस्टिस गोगोई ने फैसला पढ़ना शुरू किया।

आखिरकार अयोध्या विवाद जो कि सर्वोच्च न्यायालय मे काफी लंबे अरसे से लंबित था, उसका निर्णय पाँच जजों की मुख्य न्यायाधीश रजंन गोगोई की अध्यक्षता वाली बेंच द्वारा 9 नवंबर, 2019 को सुना दिया गया। इसके अन्तर्गत उच्च न्यायालय के फैसले को पलटते हुए सर्वोच्च न्यायालय

ने शिया वक्फ बोर्ड और निर्मोही अखाड़े की याचिका को खारिज कर दिया और सून्नी वक्फ बोर्ड को दावा लगाने का अधिकार नहीं माना।

तत्पश्चात सर्वोच्च न्यायालय की बेंच ने 5–0 से एकमत होकर विवादित स्थल को मंदिर का स्थल मानते हुए, फैसला रामलला मंदिर के पक्ष मे सुनाया। इसके अंतर्गत विवादित भूमि को राम जन्मभूमि माना गया।

अदालत के फैसले में ए. एस. आई. का हवाला देते हुए कहा गया कि बाबरी मस्जिद का निर्माण किसी खाली जगह पर नहीं किया गया था। विवादित जमीन के नीचे एक ढांचा था और यह इस्लामिक ढांचा नहीं था। कोर्ट ने कहा कि पुरातत्व विभाग की खोज को नजरअंदाज नहीं किया जा सकता लेकिन इससे आगे कोर्ट ने कहा कि मुस्लिम पक्ष विवादित जमीन पर दावा साबित करने में नाकाम रहा है।

अयोध्या में राम मंदिर बनने का रास्ता साफ हो गया और देश की सबसे बड़ी अदालत ने सबसे बड़े फैसले में अयोध्या की विवादित जमीन पर राम जन्मभूमि का हक माना।

हालांकि, कोर्ट ने शिया वक्फ बोर्ड और निर्मोही अखाड़े के दावों को खारिज कर दिया। निर्मोही अखाड़े की लिखित दलील में कहा गया था कि विवादित भूमि का आंतरिक और बाहरी अहाता भगवान राम की जन्मभूमि के रूप में मान्य है। हम रामलला के सेवारत हैं और ये हमारे अधिकार में सदियों से रहा है। निर्मोही अखाड़े ने अपनी दलील में कहा था कि हमें ही रामलला के मंदिर के पुनर्निर्माण, रखरखाव और सेवा का अधिकार मिलना चाहिए। अखाड़े के इस दावे को कोर्ट ने खारिज कर दिया और विवादित जमीन पर मंदिर निर्माण के लिए अलग से ट्रस्ट बनाने का आदेश दिया।

वहीं, शिया वक्फ बोर्ड का दावा भी सुप्रीम कोर्ट ने खारिज कर दिया। शिया वक्फ बोर्ड ने कहा था कि मस्जिद मीर बाकी ने बनवाई थी, जो एक शिया थे, ऐसे में यह मस्जिद सुन्नियों को नहीं दी जानी चाहिए। अदालत ने शिया वक्फ बोर्ड के इस दावे को भी खारिज कर दिया।

विवादित जमीन पर भगवान राम का हक बताते हुए अदालत ने केंद्र सरकार को तीन महीने के अंदर ट्रस्ट बनाने का भी आदेश दे दिया। और

कहा कि इस ट्रस्ट के पास ही मंदिर निर्माण की जिम्मेदारी होगी। यानी अब राम मंदिर का निर्माण का रास्ता साफ हो गया और इस पर अब आगे का काम केंद्र की मोदी सरकार को करना होगा।

अदालत ने मुस्लिम पक्ष को भी निराश नहीं किया और मस्जिद के लिए भी अयोध्या में जमीन देने का आदेश दिया। न्यायालय ने अपने फैसले में कहा कि सुन्नी वक्फ बोर्ड को अयोध्या में ही किसी उचित जगह पर मस्जिद निर्माण के लिए 5 एकड़ जगह दी जाए।

इस तरह 40 दिनों की लगातार सुनवाई के बाद अयोध्या में राम मंदिर निर्माण का सुप्रीम कोर्ट का ऐतिहासिक फैसला आ गया। जिसमें दशकों पुराने विवाद का खात्मा हो गया।

प्रतिक्रिया

कई सदियों से अटका हुआ अयोध्या विवाद का फैसला आ चुका था। अयोध्या में हिंदूओं एवं उनकी आस्था के प्रतीक श्री राम जन्मभूमि पर मंदिर का बनना हिंदुओं के लिए एक पर्व जैसा था। सारे देश में आज के दिन मिठाइयां बांटी जा रही थीं, ढोल नगाड़ों के साथ 'जय श्रीराम' – 'जय श्रीराम' के नारे सुनाई दे रहे थे। राम कुमार का आज वह सपना साकार हो गया था जो वह पिछले लगभग 70 वर्षों से देख रहा था। शायद अब वो अपनी बची कुची जिंदगी चौन से जी पाएगा। राम कुमार इस कहानी में सभी हिंदुओं की आस्था एवं श्रद्धा का प्रतीक रहा है जो अयोध्या में राम मंदिर की स्थापना करना चाहते थे। खास बात यह थी कि इसमें मुस्लिम पक्ष का भी ध्यान रखा गया मुस्लिमों को भी 5 एकड़ जमीन मस्जिद के लिए दी गई। इसलिए कई मुस्लिम संगठन इस फैसले से काफी खुश नजर आए।

लेकिन कुछ ऐसे कट्टरपंथी भी थे जिन्हें इस फैसले में इंसाफ नहीं दिखा। ऐसे कई बड़े नेता रहे जिन्होंने इस फैसले का विरोध किया एवं सर्वोच्च न्यायालय के निर्णय एवं उनके न्यायाधीशों पर सवाल उठाए। इस पर उन्होंने सर्वोच्च न्यायालय को देश की सरकार के आगे झुकने पर मजबूर होने की बात कही। उनके अनुसार आज भी बाबरी मस्जिद उस स्थान पर ही बनाई गई थी जहां राम जन्मभूमि नहीं है। और उन्होने कहा कि वे हमेशा इस फैसले का विरोध करते रहेंगे।

कुल मिलाकर बात यह है कि भारत एक धर्मनिरपेक्ष देश है लेकिन भारत में लगभग 80% लोग हिंदू हैं तो यदि आस्था की बात की जाए तो अधिकतर भारतीय तो इस निर्णय से खुश ही हैं। लेकिन यह बात सत्य है कि हर किसी पक्ष को खुश नहीं रखा जा सकता, विरोधाभास तो होगा ही। सर्वोच्च नारायण तो अपना निर्णय दोनों पक्ष की दलीलों को ध्यान में रखते हुए दिया है। इस तरह कह सकते हैं कि प्रतिक्रिया तो देश में अच्छी ही रही यदि कुछ को छोड़ दिया जाए तो।

उपसंहार

राम मंदिर का विवाद आज से कई सदियों पुराना है। लेकिन न्यायालय में यह वर्ष 1949 में पहुंचा जब बाबरी मस्जिद में रामलीला की बाल अवस्था की मूर्तियां पाई गईं। उसके बाद से यह विवाद सांप्रदायिक एवं धार्मिक विवाद बन गया। हिंदू भक्तों एवं उसे मुस्लिम पक्षों द्वारा हमेशा इसमें दलीलें दी गईं और हिंदू संगठनों ने राम मंदिर बनाने की भरपूर कोशिश की और अपने पक्ष को सरकार एवं न्यायालय के सामने रखा।

लेकिन अंत में पिछले 70 सालों से चल रहे इस कानूनी विवाद को आखिरकार निर्णय मिल ही गया है। और इसके लिए सर्वोच्च न्यायालय की काफी प्रशंसा करनी होगी क्योंकि उसने सभी की दलीलें, आस्था एवं पक्षों को ध्यान में रखते हुए अपना निर्णय सुनाया।

इस मामले में क्योंकि हिंदू पक्ष हर क्षेत्र में ज्यादा मजबूत होता दिखाई दिया इसलिए यदि देखा जाए तो यह हिंदुओं के पक्ष में ही सुनाया गया निर्णय है। इसमें उनकी इच्छा राम मंदिर की स्थापना थी क्योंकि यह जमीन राम जन्मभूमि है तो यहां राम मंदिर बनना ही चाहिए था।

लेकिन मुस्लिमों को भी मस्जिद बनाने के लिए 5 एकड़ जमीन दी गई है जो एक अच्छा निर्णय है। कुल मिलाकर हम कह सकते हैं कि सर्वोच्च न्यायालय ने मंदिर भी दिया है और मस्जिद भी। लेकिन आज भी धर्म के ठेकेदारों द्वारा आपस में भड़काने एवं दंगे फैलाने के कई कारण हो सकते हैं और वे यही करते रहेंगे। लेकिन जरूरी यह है कि सरकार और सभी नागरिक सहानुभूति एवं शांति रख कर आपस में भाईचारा और धर्मनिरपेक्षता को बनाए रखें जिस प्रकार आज तक बनाए रखा है।